Hans Drawe

Ortsbesichtigung

Familienchronik
Hochhaustexte
Kneipentexte
Porträts

Copyright: © 2020 Hans Drawe
Umschlag & Satz: Erik Kinting
                www.buchlektorat.net

Verlag und Druck:
tredition GmbH
Halenreie 40-44
22359 Hamburg

978-3-347-12481-3 (Paperback)
978-3-347-12482-0 (Hardcover)
978-3-347-12483-7 (e-Book)

Bibliografische Information der Deutschen Nationalbibliothek:
Die Deutsche Nationalbibliothek verzeichnet diese Publikation in der Deutschen Nationalbibliografie; detaillierte bibliografische Daten sind im Internet über http://dnb.d-nb.de abrufbar.

Hans Drawe

absolvierte das *Literaturinstitut Johannes R. Becher* in Leipzig. Er schrieb mehrere Film- und Fernsehdrehbücher (ZDF, NDR, hr), den Roman *Kopfstand* (Hoffmann & Campe), *Griebnitzsee* und *Die Verführung* bei Tredition. Neben dem Lyrikband *Seelengesichter* Lyrik für Anthologien und *Auswahl 66*, Verlag Neues Leben.

Er schrieb außerdem Hörspiele für verschiedene Sender der ARD und mehrere Theaterstücke, die in Berlin, Ingolstadt, Halle und Düsseldorf aufgeführt wurden.

Von 1968 bis 1970 arbeitete er als Dramaturg bei der DEFA Kurzfilm.

1970 Flucht über die Mauer.

Dann Außenlektor beim ZDF; Rundfunkmoderator beim hr.

Von 1978 – 2005 Hörspielregisseur beim hr.

Deutscher Hörbuchpreis; Hörbuch des Jahres 2000; Preis der Bayrischen Theatertage für das Stück *Der Englische Pass;* Bundesfilmförderungspreis für das Drehbuch *Ein Mädchen aus zweiter Hand.*

Inhalt

Familienchronik

Mein Großvater

Mein Großvater war Braumeister
und meistens besoffen.
Wenn er sich zusätzlich zu seinem Urlaub
Urlaub verschaffen wollte,
hackte er sich ein Glied
eines seiner Finger ab.
So hat er innerhalb von vierzehn Jahren
die Finger seiner linken Hand eingebüßt.
»Aber die Tage, wo ich meine Finger für
geopfert habe, hab' ich ganz bewusst gelebt,
weil ich ja gewusst hab' wofür«,
sagte mein Großvater.

Mein Onkel Kurt

Mein Onkel Kurt ist Ingenieur.
Jetzt betreibt er einen Waschsalon.
Onkel Kurt wäscht für Daimler-Benz, die Post
und Privatkunden.
Onkel Kurt hat Schultern wie ehemals Mister At-
las.
Er war Panzerleutnant und hat ein Glasauge.
Zu meinem Sohn sagt er,
dass er für Fußball keine Eintrittskarten brauche,
da er sein Glasauge durch jede Ritze
halten könne
und somit alle sähe.
Doch mein Sohn glaubt ihm nicht so recht.
Zu mir sagt Onkel Kurt,
dass ihn die Wäscherei anstinke,
und er lieber ein Büro für Probleme aufmachen
würde.
Denn jedes Problem ist lösbar, meint er.

Tante Helga

Tante Helga heiratete kurz nach dem Krieg Larry,
einen Amerikaner.
Der Ami schaffte alles ran, was wir brauchten.
Mir schenkte er zu Weihnachten eine elektrische
Eisenbahn,
mit der er selbst so lange spielte, bis sie zu Bruch
ging.
Im Sommer fuhren wir mit seinem weißen offenen
Amischlitten
quer durch Deutschland,
und Tante Helga hatte mehrere »Männeraffären«.
Zwei Jahre später schrie sie Onkel Larry
unter dem Weihnachtsbaum an:
»Ich hab' mich nur mit dir eingelassen,
weil wir was zu fressen brauchten.
Ich habe mich für die Familie geopfert.« –
Larry lachte:
»Sie will mir heimzahlen, dass ich als Ami alles
hatte,
was sie brauchte«, sagte er.
»Ich habe ihren Stolz verletzt.«
Griff nach seiner Flinte
und schoss Tante Helga in die Stirn.

Mein Vater

Mein Vater ist ein Elfeinhalbender.
Er bekommt keine Kriegerpension.
Er hätte den Krieg ein halbes Jahr lang
weiterführen müssen,
um eine Vaterlandsrente zu bekommen.
Mein Vater hat fürs Vaterland
ein Bein und einen Arm geopfert.
Er ist Elfeinhalbender
und liebt das Vaterland jetzt nicht mehr.

Meine Mutter

Auch meine Mutter glaubt nicht mehr ans Vater-
land.
Meine Mutter glaubt nur noch an ihre Kinder.
Sie hat meinen Vater immer mit Blumen
an den Frontzug gebracht.
Meine Mutter war auch mal eine junge Frau,
die ans Vaterland geglaubt hat. –
Meine Mutter ist für mich ein Geschichtsbuch.

Meine Schwester

Meine Schwester schreibt mir,
dass ein Mann über sie gekommen ist,
bei dem sie Glück empfunden hat,
und der sich ihretwegen scheiden lassen will.
Meine Schwester schreibt mir:
Ich komm' von dem Kerl nicht mehr los.
Mein Vater schreibt: Der Kerl ist verkommen.
Meine Mutter: Deine Schwester wirft sich weg.
Meine Schwester schreibt: Du, der schreibt Ge-
dichte,
lies die mal.

Mein Onkel Anton

Mein Onkel Anton war KPD-Mann.
Mein Onkel Anton ist erschossen worden.
Datum: 24. 12. 1966.
Die beiden Täter gehörten einer Nazivereinigung
an.
Der Richter hat sie ins Irrenhaus gesteckt.
Neulich las ich,
dass sie als geheilt entlassen wurden.

Mein Onkel Friedrich

Wir sind schon immer sozial gewesen,
sagt mein Onkel Friedrich.
Und wir sind schon immer national gewesen.
Und den Hitler,
den haben auch wir nicht gewollt. –
Aber der Russe gehört hintern Bug.

Manchmal hab' ich Angst

Manchmal hab' ich Angst,
dass mein Sohn größer wird.
Was wird er dich fragen, denk' ich.
Ich hab' weder einen Weltkrieg mitgemacht,
noch fahr' ich Mercedes oder hab' ein Haus.
Ich hab' nur das, was man eben so braucht:
Einen Elektroherd, einen Fernseher, eine Wasch-
maschine
und zusammengeramschte alte Klamotten
in der Bude.
Und es gibt Leute, die sagen: Der, das ist eine
verkrachte Existenz.
Was wird dein Sohn dich fragen, wenn er größer
ist,
denk' ich.
Und manchmal hab' ich Angst um meinen Sohn.

Hochhaustexte

Frau Schmidt

Frau Schmidt wohnt gegenüber.
Frau Schmidt hat vorgestern
ihren Kerl rausgeschmissen.
Gestern hat er sich den Fernseher, das Radio
und den Kühlschrank abgeholt.
Frau Schmidt sagt: Wissen Sie, ich bin geschieden.
Und der neue Kerl treibt sich bei den Nutten rum,
weil er glaubt, dass er das mit mir machen kann.
Dann lieber gleich mit weg!
Heute ist der Kerl wieder da
und räumt den Kühlschrank, den Fernseher
und auch das Radio wieder in die Wohnung.

Kirpacz

Kirpacz ist Zigeuner.
Kirpacz fährt Mercedes.
Kirpacz ist der Sohn vom Zigeunerbaron.
Kirpacz verkauft Teppiche.
Seine Frau fragt mich, ob ich einen
Teppich kaufen wolle.
Ich sage nein.
Kirpacz lädt mich in die Wohnung ein.
Die Wohnung ist tipp topp.
Kirpacz hat fünf Kinder.
Kirpacz gießt uns Schnaps ein.
Kirpacz sagt, der Teppich ist gut,
ich solle ihn kaufen.
Ich sage, ein Teppich dämpft den Schritt.
Kirpacz lacht.
Im Sommer fährt Kirpacz mit dem Wohnwagen
weg.
Im Herbst kommt er wieder.
Seine Frau fragt mich,
ob ich einen Teppich kaufen will.
Ich sage nein.
Kirpacz lädt mich wieder in die Wohnung ein.
Und wie immer trinken wir Schnaps.
Kirpacz sagt, der Teppich ist gut.
Ich sage, bestimmt.

Kirpacz meint, ich solle ihn kaufen.

Ich sage, ein Teppich dämpft den Schritt.

Kirpacz lacht.

Kirpacz kann nicht lesen.

Kirpacz kann nicht schreiben.

Kirpacz ist jetzt zweiunddreißig Jahre alt.

Kirpacz fragt mich,

ob ich ihm Lesen und Schreiben beibringen will.

Ich sage ja.

Kirpacz lacht und sagt,

ich geb' dir einen Teppich dafür.

Über mir

Die Frau über mir ist Nachtschwester.
Jeden Morgen, wenn sie nach Hause kommt,
schreit und zetert sie mit ihrem Kind.
Das Kind stört sie beim Schlafen.
Die Frau ist eine Finnin.
Ihr Mann ist ein Ami.
Er ist jetzt schon ein halbes Jahr in Amerika
und hat ihr noch keine Zeile geschrieben.
Manchmal schreit die Frau:
Du beschissenes Amikind du!

Der Kinderschlafsackvertreter

Der Kinderschlafsackvertreter ist
der Tyrann des Hochhauses.
Er ist der Einzige, der in diesem Hochhauskasten
eine Eigentumswohnung besitzt.
Wenn die Kinder sonntagsnachmittags
vor dem Hochhaus spielen,
ist gleich am nächsten Tag eine Beschwerde wegen
Lärmbelästigung in den Fahrstuhl geklebt.
Muss ich ihnen schärfstens mitteilen,
dass ich eine solche Art von Kindern nicht wün-
sche,
die sich vor unserem Haus wie wilde Neger gebär-
den.
Ich, als arbeitender Mensch, muss übers Wochenende
meine Ruhe schöpfen,
damit ich am Montag wieder arbeiten kann.
Ich bitte, in Zukunft darauf Rücksicht zu nehmen,
weil ich sonst zu anderen Schritten greifen muss.
Und am nächsten Tag steht im Fahrstuhl:
Der Schreiber des nebenstehenden Schreibens
ist ein Arschloch.
Und der Kinderschlafsackvertreter:
Ich habe schon immer gewusst, dass hier im
Hochhaus

Asoziale wohnen.

Jetzt haben sie ihr wahres Gesicht entblößt!

Das beweist nebiges Schriftstück.

Natürlich gab es danach wieder eine gepfefferte Antwort.

Der ganze Fahrstuhl ist schon vollgeklebt.

Nur einen sieht man nie im Fahrstuhl -

den Kinderschlafsackvertreter.

Binder

4. Stock, 2. Tür, rechts.
Binder sagt, früher hab' ich Jura studiert,
doch das war mir zu trocken,
da bin ich auf Lehrer umgestiegen.
Jetzt ist Binder Lehramtsanwärter.
Heute sagt Binder, Lehrer,
das ist auch nichts.
Da verkrüppelt man geistig.
Ich glaub', ich studier' noch mal Politik.
Binder ist jetzt dreißig Jahre alt.
Ich sage, wie woll'n Sie denn das durchhalten,
ich meine, finanziell?
Ach, sagt Binder, mein Vater,
der hat Schmott.
Dabei reibt er
Daumen und Zeigefinger aneinander.

Frau Anton

Frau Anton kann es nicht ertragen,
wenn im Haus die Türen schlagen.
Frau Anton ist eine alte Frau.
Frau Anton braucht Ruhe.
Frau Anton bereitet sich auf den Tod vor.
Frau Anton braucht Ruhe vor dem Tod.

Avola

Avola ist Bauarbeiter.
Avola hat sechs Kinder.
Avola ist ein fleißiger Arbeiter.
Avola ist Italiener.
Avola ist gekündigt.
Avola kann die Miete nicht mehr zahlen.
Avola muss aus der Wohnung raus.
Alle im Haus bedauern Avola.
Doch der Hausverwalter sagt,
diese schönen Wohnungen,
die sind zuerst mal für uns
Deutsche da.
Wozu bau'n wir denn in Deutschland,
wenn ständig Ausländer
in die Wohnungen einziehen
und mit ihren vielen Kindern alles
verdrecken.

Die Frau des Hausverwalters

Die Frau des Hausverwalters ist erst kurz
die Frau des Hausverwalters,
weil ihr Mann erst vor kurzem Hausverwalter
wurde.
Die Frau des Hausverwalters verwaltet das
Hochhaus auch mit.
Die Frau des Hausverwalters sagt,
so lange wir hier Hausverwalter sind,
wird kein Schmutz mehr in unserem Haus sein.
Und das Zigeunerpack, das hier immer den Dreck
in unser schönes Haus schleppt,
dem werden wir auch noch beibringen,
was unsere deutsche Reinlichkeit ist.

Bingler

Weißt du, ich mach' alles mit,
sagt Bingler.
Ich bin ein Kerl, mit dem du
Pferde stehlen kannst.
Ich bin gutmütig.
Nur eins ist, worunter ich leide.
Wenn ich mit meiner Frau pennen will,
muss ich ihr erst links und rechts eins
in die Fresse hau'n.
Aber kräftig, erst dann bekommt sie
ein schönes Gefühl.
Wenn ich's nicht mache, dann liegt sie
einfach nur da, und ich denke,
dass ich ein Versager bin.
Also hau' ich zu.
Und wenn ihr das Blut aus der Nase spritzt,
dann ist sie umso doller dabei und schreit vor Lust.
Aber in unserem Hochhaus, da denken die Leute,
ich misshandle sie.
Sie wollen mich aus der Wohnung raus haben.
Sieh mal, ich kann doch den Leuten nicht sagen,
was bei uns so Sache ist.
Und aus diesem Grund werd' ich wohl ausziehen,
obwohl's mir hier gefällt.

Peters

Peters sagt, mir geht's gut.
Was will ich mehr?
Peters ist Beamter der Stadt.
Ich versteh' nicht, sagt Peters,
warum die Arbeiter dauernd streiken,
die Wirtschaft wird davon nicht besser.
Und das Ansehen der Arbeiter in der Öffentlichkeit
sinkt dadurch auch immer mehr.
Na, dann raten Sie den Arbeitern doch,
dass sie auswandern sollen, sage ich,
dann hat die Öffentlichkeit endlich ihre Ruhe.
Na hör'n Sie mal, sagt Herr Peters.
Seitdem grüßen wir uns nicht mehr.

Der Richter

Der Richter zog erst kürzlich ins Hochhaus.
Der Richter ist dreißig.
Er hat eine junge schöne Frau,
die Lehrerin ist.
Der Richter ist begeisterter Reiter.
Neulich hat er sich ein Pferd gekauft,
xx, englisch Vollblut.
Das Pferd ist Rennen gelaufen.
Der Richter will es jetzt
Dressur reiten.
Ist verdammt schwierig mit dem Gaul,
sagt der Richter, aber ich schaff' es,
ich muss es schaffen.
Am Vormittag ist der Richter im Gericht
und fällt Urteile.
Nachmittags wird geritten.
Abends hört er Musik,
Beethoven, Brahms, Rachmaninow,
oder er liest Akten.
Arm und reich, das wird es immer geben,
sagt der Richter.
Die Hauptsache ist doch, dass man uns
unser Auskommen lässt.
Das, was ich habe, genügt mir.
Ich hätte ja auch Anwalt werden können,

aber dann hätte ich nachmittags aufs Reiten verzichten müssen.

Außerdem, als Beamter bekomme ich Pension.

Ich bin da für Sicherheit.

Neulich hörte ich, dass der Richter in eine
liberale Partei eingetreten ist.

Auch unsere Schicht, sagt der Richter, muss
schließlich
ihre politischen Interessen vertreten.

Hollmann

6. Stock, dem Fahrstuhl direkt gegenüber,
drei Zimmer, drei Kinder.
Hollmann ist Arbciter.
Jeden Morgen pünktlich um sechs
fährt er mit dem Moped zur Arbeit.
Abends um sechs kommt er wieder.
Und jeden Sonntagmorgen geht Hollmann
mit seinen drei Kindern und der Frau in
die Kirche.
Hollmann sagt: Wenn wir Christen nicht
gewesen wären,
säh's um unser Vaterland schön traurig aus.
Doch die Gewerkschaften, wie unser Pfarrer sagt,
die durch ihre Streiks die Preise
immer höher treiben,
werden unser christliches Aufbauwerk
vollends ruinieren. –
Natürlich wählt Hollmann auch christlich.

Frau Fahr

Frau Fahr ist Kriegswitwe.
Frau Fahr bewohnt eine Einzimmerwohnung,
8. Stock, zweite Tür links.
Frau Fahr war früher
die Sekretärin des Gauleiters Winkler.
Heute ist Frau Fahr die Sekretärin
des Unternehmers Winkler.
Winkler kandidiert als CDU-Mann.
Herr Winkler, sagt Frau Fahr,
war immer ein anständiger Chef. –
Frau Fahr sagt, dass sie eine
gute Deutsche ist.
Sie sagt: Ich hab' meinen Mann
für Deutschland geopfert.
Und ich hab' auf vieles verzichten müssen.
An allem ist dieser Hitler schuld.
Österreich, die Tschechoslowakei, Polen,
Frankreich, England und Skandinavien,
das hätte uns doch völlig genügt.
Auch Herr Winkler sagt das immer.

Der Mercedesvertreter

Die Hochhausbewohner wunderten sich.
An den Briefkasten des Mercedesvertreters
sind sechs Namen geklebt:
Siebusch, Seybicke, Holzer,
Fabian, Schultz, Prescher.
Viele im Haus glaubten,
der Mercedesvertreter habe eine
Kommune gegründet.
Das war unfassbar!
Später erfuhr ich,
dass die Personen, die sich hinter
den Namen am Briefkasten
des Mercedesvertreters verbargen,
Kunden von ihm waren,
die aus einem anderen Bundesland kamen.
Der Mercedesvertreter hatte sie proforma
in unserer Stadt polizeilich gemeldet,
um sich seine Provision zu sichern.
Denn hätten die Kunden ihren Wagen
in ihrem Bundesland angemeldet,
wäre die Provision automatisch
an den für diesen Bezirk verantwortlichen
Mercedesvertreter gefallen,
ohne dass er einen Handschlag getan hätte.

Sackers

Sackers wohnt im Erdgeschoss.
Alle Leute im Haus finden Sackers asozial.
Man munkelt, dass er einen Puff haben soll.
Tagsüber ist Sackers Rollladenvertreter.
Sackers sagt, als ich damals aus dem Osten kam,
war's ganz schön schwierig, Fuß zu fassen.
Weißt du, drüben war ich Maler, Anstreicher,
sagt Sackers.
Von Natur aus kann ich gut quasseln.
Und ich dachte mir, so eine Begabung darfst du
nicht verschenken, da musst du was draus machen.
Aber was? Der Gedanke ließ mich nicht mehr los.
Und so dachte ich mir, dass ich vielleicht
ein ganz guter Vertreter wäre.
Vertreter wie hier gibt's ja drüben nicht.
Und so bin ich eines Tages abgehauen.
Sackers feiert häufig Parties.
Bis morgens um vier tönt dann heißer Beat durchs
Haus,
und Mädchen geben sich die Klinke in die Hand.
Bei der Polizei hat es schon mehrere Beschwerden
deswegen gegeben.
Aber Sackers sagt, diese Spießer können mich am
Arsch lecken.
Als ich ihn neulich besuchte,

zeigte er mir ein Baby.

Sackers sagte, dass ihm das Baby zugesprochen sei.

Jetzt hab' ich endlich was, wofür ich sorgen kann, sagt Sackers.

Im Fahrstuhl

Im Fahrstuhl kommt man den Leuten,
die hier im Hochhaus wohnen,
näher.
Der Fahrstuhl ist ein Kommunikationsvermittler.
Das beste Kommunikationsthema ist das Wetter.
Im Sommer ist es zu heiß und im Winter zu kalt.
Oder man fragt, na, Herr Avola, hat ihre Frau
schon
das Kind?!
Und Avola sagt, nein, viele Schmerzen, nein.
Oder einer sagt, ich hab' mir jetzt einen neuen
Motor einbauen lassen, zweieinhalbtausend.
Die werden auch immer unverschämter.
Oder einer hat einen Igel auf dem Arm,
den er auf der Straße aufgelesen hat,
und man spricht über den Igel.
Oder der Zigeunerbaron reißt einen amtlichen
Brief auf und sagt zu mir, bitte, lesen du vor.
Manchmal stehen morgens obszöne Worte im
Fahrstuhl.
Und die Hausmeisterfrau schrubbt sie weg
und sagt, so eine Sauerei, den Fahrstuhl so zu ver-
sauen.
Man will sich doch auch wohlfühlen, nicht?

Kneipentexte

Die Frau vom Kneiper I

Als die Frau vom Kneiper das Geld zählte,
sagte sie, wenn man nicht hat, was man liebt,
liebt man, was man hat.
Und schloss die Kasse wohlgefällig weg.

Die Frau vom Kneiper II

Die Frau vom Kneiper ist Deutsche.
Der Kneiper ist Italiener.
Die Frau vom Kneiper mag mich nicht,
weil ich in der Kneipe nie esse.
Die Frau vom Kneiper mag keine Leute,
die nur trinken und ein Heft und einen Kuli
bei sich haben.
Der Kneiper ist ein kleiner Mann mit
dünnem schwarzen Haar.
Er fährt einen 2,5 BMW.
Manchmal träum' ich,
wie die Frau des Kneipers den Kneiper ansieht,
wenn er sich zu seinen Gästen setzt
und einen Roten trinkt.
Aber in der letzten Zeit setzt sich der Kneiper
immer mit dem Rücken zu ihr.

Sissi

Sissi heißt eigentlich Marianne und hat den
Namen nur, weil sie so schön ist.
In der Kneipe starren Sissi alle nach.
Sissi ist Polizistenwitwe.
Sissi hat zwei Kinder.
Sissi sagt, ich bin froh, dass ich den Alten
los bin, diesen Vereinsmeier.
Der hat doch nur im Kegelclub gehockt,
und ich und die Kinder
sind ihm wurscht gewesen.
Der Mann Sissis ist bei einer Tauchübung
ums Leben gekommen.
Jetzt ist Sissi mit einem namens Lechner
liiert.
Lechner ist Tabakgroßhändler.
Sissi sagt, wenn die Automaten nicht gefüllt sind,
ist der krank.
Der denkt nur ans Geschäft.
Ich glaub', der ist auch nicht richtig für mich.
Später hat sie ihn dann aber doch geheiratet,
fährt Mercedes und ist fett geworden.

Hopp

Als Hopp besoffen war, sagte er,
weißt du, mein Prinzip ist folgendes:
Erst mal will ich leben, und zwar anständig.
Das mein' ich nicht moralisch.
Sieh mal, ich bin jetzt sieben Mal schon vorbe-
straft.
Alles wegen Betrug.
Der Staatsanwalt sagt, dass ich das alles dumm
angestellt habe,
was ich unternommen habe.
Das mag schon richtig sein.
Aber ich hatte immer einen Turnus,
wo ich drei bis vier Jahre
wie ein Millionär durch die Gegend
geschossen bin.
Maßanzüge, einen großen Bungalow und ein ent-
sprechendes Auto.
Und wenn's mich so ankam,
dann hab' ich mit Rentnern
in einem gemieteten Bus
eine Reise in den Schwarzwald gemacht
und die brauchten keinen Pfennig zu bezahlen.
Das hat mich befriedigt.
Eins musst du dir merken:
Geschäftsleute halten dich nur dann für glaubwürdig,

wenn du mit denen Sachen abschließt,

die man bar nicht mehr bezahlt.

Und das ist meine Devise.

Und dafür geh' ich gern mal drei oder vier Jahre
brummen.

Das ist meine Art von Askese.

Doch danach, da leb' ich wieder.

Der Alte

Der Alte kommt immer mit einem
Schwimmring in die Kneipe,
auf den er sich setzt.
Was die Männer mit den Frauen machen,
kann ich nicht mehr und
richtig sitzen kann ich auch nicht mehr.
Früher, da war ich politisch.
Da haben wir den Nazis ganz schön eingeheizt.
Und ich hab' auf Frauen verzichtet
von wegen der Vorsicht.
Früher war ich ein ganz netter Kerl,
und die Weiber standen auf mich.
Und jetzt würd' ich gern mit ihnen machen,
was die Männer gewöhnlich so gern
mit den Frauen machen,
aber es geht ja nun nicht mehr. –
Politisch sein, hat auch seine Nachteile.

Karl, der Pianist

Karl, der Pianist, ist
Schuhmacher.
Alle in der Kneipe sagen,
Karl ist ein Genie.
An manchen Abenden gibt Karl in seiner Bude
Konzerte.
Spitzwegbilder an den Wänden,
aufs Klavier sind Schuhkartons getürmt.
Karl spielt Schumann, Schubert, Brahms.
Der Wirt lehnt dann immer stehend am Klavier,
damit er nicht einschläft.
Und Karl sagt, hört mal, dieser Übergang.
Und der Koch und der Schmied und der
Wirt und der Straßenarbeiter sind ganz Ohr.
Mensch, spiel doch öffentlich, sag' ich zu Karl.
Ich bin Schuhmacher, sagt Karl.
Und von guten Schuhmachern gibt es in Deutsch-
land
vielleicht nur noch zehn.
Aber Pianisten?

Der Chemiestudent

Schnurrbart und dichtes kastanienbraunes Haar.
Bei Gesprächen in der Kneipe ist der
Chemiestudent meistens still.
Er mischt sich nie in einen Streit
und trinkt gemächlich sein Bier.
Danach geht er unauffällig nach Hause.
Von einem seiner Kommilitonen erfuhr ich,
dass der Chemiestudent in fast allen Fächern
sehr gut steht.
Einmal, auf dem Nachhauseweg,
kamen der Chemiestudent und ich
ins Gespräch.
Weißt du, schon jetzt hab' ich Angst,
wenn ich mit dem Studium fertig bin,
sagte der Chemiestudent.
Wieso, fragte ich.
Für den Lehrerberuf, da taug' ich nicht.
Und in der Wirtschaft, da kaufen sie dir
dein Wissen ab und sperren dich
den Tag über acht Stunden lang ein.
Und darauf hab' ich auch keinen Bock.

Onkel Schorsch

Onkel Schorsch's Kneipe hab' ich erst kürzlich
entdeckt.
Sie liegt nicht weit vom Bahnhof
und wird hauptsächlich von Ausländern
besucht.
Onkel Schorsch ist ein Unikum.
Er kann zaubern, Tierstimmen imitieren,
Bauchreden, Karten legen und aus den Händen
lesen.
Demnächst will er sich sogar zu Vorführungszwe-
cken
eine Riesenschlange anschaffen.
Ein bisschen Jux, sagt Onkel Schorsch,
verschönt den Menschen das Leben.
Und ein Gastwirt sollte so was beherrschen.
Wenn ich hier vor meinen Gästen
meine Nummer abziehe,
vergessen sie für einige Zeit
ihre Lage, und der Umsatz steigt.
Kunst hat nur dann eine Funktion, meine ich,
wenn sie den Leuten Freude macht
und die Wirtschaft ankurbelt.
Alles andere ist Tinnef.

Die alte Frau

Die alte Frau trinkt Bier.
Den ganzen Abend lang.
Wenn ich mal sterbe, sagt die alte Frau,
und das Geld reicht nicht,
dass man mich unter die Erde bringen kann,
da bin ich ganz ruhig.
Denn nach drei Tagen, da fang' ich
so an zu stinken,
dass die sich von der Stadt
was einfallen lassen müssen. –
Was machen muss man ja mit mir.

Der Buchhalter

Der Vater des Buchhalters war
Betonmischer.
Der Buchhalter ist eins sechsundachtzig groß
und zwei Zentner schwer.
Eigentlich, sagt der Buchhalter,
wollte ich ein Handwerk erlernen,
Autoschlosser oder so, irgendwas
mit den Händen machen.
In meinen Händen hab' ich Geschick.
Aber mein Vater sagte, du sollst
was Besseres werden.
Und er sparte Geld für mich und meine
Ausbildung, eisern.
Das Sparen fiel ihm nicht leicht,
und so hab' ich mich seinem Willen gefügt.
Ich bracht' es einfach nicht fertig,
meinen Alten zu enttäuschen.
Wahrscheinlich hat er geglaubt,
dass, wenn ich Buchhalter bin,
auch sein Ansehen steigt.
Und so bin ich Buchhalter geworden,
obwohl das keine Arbeit für mich ist.
Jetzt ist mein Alter schon lange tot.
Und ich will ihm nichts nachsagen,
er hat ja nur mein Bestes gewollt.

Trotzdem ist mein Leben verpfuscht.
Ich komm' mir vor wie ein Waggon,
der schon lange auf dem Abstellgleis steht
und allmählich verrostet.
Der Buchhalter trinkt sein Bier hastig aus.
Weißt du, sagt er, wenn du den ganzen Tag
mit trockenen Zahlen jonglierst,
musst du abends wenigstens was Feuchtes haben.

Angelo

Angelo ist Kellner in der Kneipe.
Angelos Vater war Kommunist.
Die Faschisten haben ihn erschossen.
Angelo ist kein Kommunist.
Seine Mutter, sagt er, hätte ihm geraten,
vorsichtig zu sein.
Demnächst muss Angelo zum Militär.

Frau Liebich

Frau Liebich bedient aushilfsweise in der Kneipe,
wenn Angelo frei hat.
Frau Liebich hat vier Kinder,
eines von einem Neger,
eins von einem Türken,
eins von einem Franzosen
und eins von einem Deutschen.
Frau Liebich sagt, das kommt, weil ich
kosmopolitisch bin.
Man muss doch alles kennen lernen, nicht?!
Immer mit einem Mann, das wär' mir ein
Gräuel.
Ich brauch' keinen Mann fürs Leben, sagt Frau
Liebich.
Den, den ich liebe, den lass ich mir ein Kind
machen und hab' ihn damit verewigt
und kann ihn weiter lieben in seinem Kind.

Der Automarder

Der Automarder ist Stammkunde,
obwohl er nie am Stammtisch sitzt,
weil er zu dreckige Finger dafür hat.
Am Stammtisch sitzen nur welche,
die sich die Finger nicht mehr schmutzig
machen müssen.
Der Automarder macht aus Unfallautos
neue Autos,
die er für gutes Geld verkauft.
Vorher war der Automarder Schlosser.
So schnell vergisst man das nicht.
Der Automarder würde einen Tausender versaufen,
wenn er an den Stammtisch dürfte.
Doch der Automarder traut sich nicht,
den Tausender auf den Tisch zu legen.
Vielleicht nähme man es übel.

Der Generaldirektor

Der Generaldirektor kommt fast jeden Abend
auf einen Sprung in die Kneipe.
Er sieht nicht so aus,
als ob er ein Generaldirektor ist.
Er sieht eher so aus wie einer,
der auf einem Weinetikett mit süffisantem Lächeln
Reklame macht.
Der Generaldirektor sagt,
dass er aus ganz einfachen Verhältnissen komme.
Ich hab' mich mühsam hocharbeiten müssen!
Und ich hatte manchen Nackenschlag im Nacken.
Aber ich hab' immer gewusst, was ich will.
Und so bin ich allmählich hochgeklettert.
Und ich hab' erreicht, was aus meinen Kreisen
so schnell keiner erreicht.
Aber ohne Ellenbogen geht das nicht, junger
Mann.
Man muss zuerst mal ganz schön einstecken kön-
nen.
Aber wenn man plötzlich oben ist,
dann fühlt man sich einsam.
Aufpassen muss man natürlich, aber es regelt sich
vieles von selbst.
Doch du bist an einem Endpunkt.
Du weißt, höher geht's jetzt nicht mehr.

Und da spürst du, dass du alt geworden bist
und überdenkst so manches, beispielsweise, ob sich dein
Einsatz gelohnt hat.
Deshalb schlaf ich nachts auch schlecht, wenn ich keinen
Wein trinke.

Der idealistische Vertreter

Der idealistische Vertreter trinkt einmal
in der Woche eine Flasche Wein
im »Reitstall«.
Der »Reitstall« ist das Clublokal des Reitervereins.
Hier verkehren hauptsächlich Ärzte,
Großhändler und Vertreter.
Ich für mein Teil meine, sagt der Vertreter,
dass man mit einem Kunden individuell umgehen
muss.
Ich hab' mir da sogar eine Kartei und ein Buch
angeschafft,
wo ich alles reinschreibe, was mir bei den Kunden
aufgefallen ist.
Man unterhält sich doch mit den Leuten.
Und wenn beispielsweise die Frau eines Kunden
krank war, hab' ich mir das aufgeschrieben
und gleich beim nächsten Mal danach gefragt.
Sowas macht Eindruck, und die Leute sind gleich
viel zugänglicher,
weil man sich für ihre persönlichen Belange
interessiert.
Auch meine Geschäftsbriefe fasse ich natürlich
in persönlichem Stil ab.
Aber die vom Management, die Produktwerbung,
will das nicht.

Die entwerfen für alles und jedes Formulare
und vorgedruckte Briefe,
die wir dann nur noch zu unterzeichnen brauchen.
Ich glaube, die vertrauen unserer Schlauheit nicht.
Die von oben nennen das: Rationalisierung im
Geschäftsverkehr.
Schön und gut, aber bei mir geht dadurch
der Umsatz zurück.
Und ein erheblicher Teil der Provisionen
ist damit auch flöten.
Natürlich hab' ich mich da aufgeregt.
Aber was nützt das,
wenn du allein dastehst und die anderen Vertreter
ziehen nicht mit,
weil sie bequeme Säcke sind.
Also schreib' ich jetzt privat die geschäftlichen
Briefe, adäquat zur offiziellen Geschäftspost.

Die Frau des Bauunternehmers

Die Frau des Bauunternehmers machte
mindestens achtmal Urlaub im Jahr.
Davon viermal am Lago Maggiore,
an dem sie einen Bungalow gekauft hatte.
Böse Zungen behaupteten,
dass sie es dort jeden Abend
mit einem anderen jungen Burschen
getrieben hätte.
Die Frau des Bauunternehmers war vierzig Jahre
alt,
durchaus attraktiv und immer schick gekleidet.
Eigentlich sah sie eher wie fünfunddreißig aus.
Viele Leute bedauerten den Bauunternehmer.
Und manche sagten,
der Dappes hat es nicht anders verdient.
Andere wieder legten hinter seinem
Rücken die Zeigefinger an den Kopf,
um ein Geweih anzudeuten
und lachten laut.
Heute ist die Frau des Bauunternehmers tot,
Unterleibskrebs, und der Bauunternehmer
drückt sich in den Kneipen herum
und säuft.
Meistens lädt er einen armen Schlucker ein,
um Gesellschaft zu haben.

Weißt du, sagt der Bauunternehmer eines Tages
zu mir, manche Leute haben geglaubt,
ich wüsste nicht, was meine Frau im Urlaub treibt.
Warum sollte sie sich nicht amüsieren?
Jetzt bin ich sechzig.
Und für das Sexuelle war ich für sie schon zu alt.
Aber wir verstanden uns gut, menschlich.
Wenn sie um mich war, fühlte ich mich
jung und ging im Unternehmen
manchmal die dollsten Risiken ein,
die zum größten Teil Erfolg hatten.
Ich wusste, dass sie das Sexuelle zu ihrem
Körperlichen Wohlbefinden brauchte.
An unserer Beziehung zueinander
hat sich dadurch nichts geändert.
Im Gegenteil. Immer wenn sie aus dem Urlaub
kam,
war sie ausgelassen und fröhlich.
Jetzt ist sie tot. –
Es war die schönste Zeit meines Lebens
zusammen mit ihr.

Der Käseverkäufer

Der Käseverkäufer trinkt immer nur
Cola und Kognak.
Der Käseverkäufer sagt,
dass er das Käseverkaufen nicht gelernt hat.
Der Käseverkäufer meint,
dass man sich eben anpassen müsse.
Was verkauft werden kann, sagt er,
das verkauf' ich auch.
Und wenn's meine eigene Frau ist.
Die Hauptsache, der Dollar stimmt.
In dieser Welt kannst du dir Gefühle nicht leisten.
Der Käseverkäufer hat keine Eltern mehr.
Er ist in unseren Erziehungsheimen aufgewachsen.

Fredy

Fredy war Fußballer.
Fredy trank früher nur Cola in der Kneipe.
Fredy sagte, eines Tages bin ich ein Star
und verdien' mein Geld.
Heute ist Fredy AOK-Angestellter.
Und Fredy sagt, geh doch los,
selbst beim Fußball brauchst du Beziehungen,
musst dem Trainer in den Arsch kriechen
und gießt sich einen Doppelten hinter
die Binde.

Der Apotheker

Jeder weiß, dass der Apotheker sonnabends
besoffen ist.
Aber keiner weiß, was er mit sich rumschleppt.
Wissen Sie, wie das ist, sagt der Apotheker
eines Tages zu mir,
wenn sie Menschen in die Gaskammern treiben?
Nein, das wissen Sie nicht.
Und noch schlimmer ist, wenn sie wieder
rausgeholt werden.
Vorher hat das alles noch gelebt und
plötzlich ist es starr, Masse.
Der Tod ist Masse.
Ich war auch nur einer, der mitgemacht hat.
Und dafür bezahl' ich jetzt.
Mein ganzes Leben bezahl' ich dafür.
Bis jetzt hat mich noch keiner angeschissen.
Machen Sie's, sagt der Apotheker,
ich bitte Sie,
ich selbst hab' keinen Mumm.

In die Kneipe kamen zwei

In die Kneipe kamen zwei
und redeten von Sanskrit und vom
indogermanischen Sprachstamm und von
Lautverschiebung.
Was es doch alles gibt,
dachte ich verwundert,
trank hastig meinen Wein und
ging nach Hause
in mein Bett.
Es war der zehnte Jahrestag des Abwurfs
der Atombombe
auf Nagasaki.

Der Maulwurf

Einer kommt in die Kneipe,
setzt sich an meinen Tisch und sagt:
Ich bin Rudolf.
Rudolf ist etwa dreißig.
Er bestellt sich ein Bier, und
wir kommen ins Gespräch.
Rudolf sagt, mein Leben lang
bin ich geflüchtet.
Als ich vier war
mit meiner Mutter aus der Tschechoslowakei
vor den Russen in den Westen.
Als ich zwölf war mit den Eltern
aus dem Westen in den Osten.
Und jetzt, vor kurzem,
unter der Mauer durch in den Westen, allein,
versteht sich.
Meine Frau und mein Kind sind drüben geblieben.
Die Stasi wollte mich als IM.
Aber ich hab' gesagt,
dass ich das aus moralischen Gründen
nicht kann.
Da sagten sie, da müssen wir uns mal
über deine Karriere unterhalten.
Wer nicht für uns ist, ist gegen uns.
Von diesem Tag an hab' ich mich wie ein Maulwurf

unter der Mauer durchgegraben.

Meine Frau ist die Tochter eines Bezirkssekretärs
der Partei.

Sie wäre niemals mitgekommen.

Sie verstand nicht, dass ich nicht für die Organe
arbeiten wollte.

Sie müssen doch wissen,

was in unserem Staat vor sich geht,

sagte sie zu mir,

als ich ihr von meinen moralischen Skrupeln
erzählte.

Die hier glauben,

dass ich bei meiner Vergangenheit

ein Spion von drüben bin

und haben meine Anerkennung als

politischer Flüchtling

verweigert.

Wo ich hingehöre,

weiß ich nun nicht mehr.

Aber manchmal brauch ich jemanden,

mit dem ich reden kann,

verstehst du?

Porträts

Der Kaninchenzüchter

Klein, dick, verstärkte Brillengläser.
Seit fünfzig Jahren schon zücht' ich
Kaninchen, sagt der Kaninchenzüchter.
Ich hab' die Zucht von meinem Vater übernommen.
Mein Vater war einer der größten Züchter in
Deutschland.
Als ich in den II. Weltkrieg ging,
musst' ich die Kaninchen meiner Frau anvertrauen.
Und das war das Schlimmste für mich.
Wieso, fragte ich.
Ja, sagte der Kaninchenzüchter, weil sie
auf die Tiere eifersüchtig war.
Während des ganzen Weltkriegs hatt' ich Angst,
dass sie sie schlachtet,
und ich wieder ganz von vorne anfangen muss.
Aber ich hab' mich getäuscht.
Als ich nach Hause kam,
warn die Kaninchen noch da.
Und meine Frau sagte zu mir,
Hunger hatten wir schon, aber ich hab' mich nie
getraut, sie zu schlachten, weil ich geglaubt hab',
dass, wenn ich sie schlachte,
du auch nicht mehr zurückkommen wirst.
Und deshalb hat sie die Kaninchen
über all die Bombenangriffe gerettet.

Fritzens Frau

Meine Frau, sagt Fritz, ist Alkoholikerin.
Wenn die ihre Tour an sich hat, muss ich mich
um die Kinder kümmern.
Sie bleibt dann meist drei Tage weg.
Früher, da hab' ich sie immer gesucht
in den Kneipen.
Aber jetzt mach' ich das nicht mehr.
Ich weiß ja, dass sie zurückkommt.
Sie ist dann zwar immer ganz abgerissen,
aber das macht mir nichts mehr aus.
Drei Tage später ist sie wieder völlig klar
und bereut.
Sie trinkt dann meistens ein Vierteljahr nichts
mehr
und macht das, was eine Hausfrau
machen muss.
In dieser Zeit versteh'n wir uns besonders gut.
Und wenn ich selbst mal einen über'n Durst trinke,
hör' ich nie ein böses Wort von ihr.
Sie würd' mir auch nie vorschreiben,
was ich zu tun und zu lassen habe.
In der Beziehung sind wir beide völlig überein.

.

Der Drücker

Drücken, sagt der Drücker, ist,
wenn du jemand eine Zeitung aufdrückst.
Wie du das machst, ist deine Sache.
Damals, als die Ruhrgebietkrise war,
da sind wir auf die Tour von wegen entlassener
Bergmann
gereist, der sich umschulen will
und dafür Zeitungen verkaufen muss.
Als Drücker war ich spitze und verdiente mein
Geld.
So sechs bis acht Hunnis in der Woche.
Bald darauf war ich Kolonnenführer.
Das heißt, mir waren ganze zehn Leute unterstellt.
Ich hab' dann nur noch abkassiert.
Und wenn eins von den Mädchen, die ich auch
dabei hatte,
keine zehn Scheine, also Aufträge, drückte,
wurde es von dem, der über zehn gedrückt hatte,
gebumst.
Das war der Anreiz, den ich ausgesetzt hatte,
und der ein mächtiger Antrieb war.
Zuvor wurden die Mädchen natürlich
von mir gebumst,
weil ich wissen wollte,
ob sie auch geeignet sind.

Aber danach hab' ich das nie wieder getan.

Da geht das Image flöten.

Seit kurzem hab' ich die Sache an den Nagel ge-
hängt,

weil ich ein anständiger Mensch werden will.

Aber die Vergangenheit, die läuft mir hinterher.

Manchmal muss ich jetzt noch vor Gericht, wenn
Aufträge geplatzt sind.

Und durch diese Vorladungen hab' ich schon oft
meinen Arbeitsplatz verloren.

Es ist verdammt schwer, ein anständiger
Mensch zu werden.

Vor allem, man verdient auch weniger.

Mein Traum wäre, dass ich mal
eine Kneipe aufmachen könnte.

Aber da werden mir sicher auch Steine in den Weg
gelegt werden.

Das Beste ist,

ich geh' wieder zurück in den Puff
als Rausschmeißer.

Franz Karg

Franz Karg ist Arbeitersohn
und hat Schlosser gelernt.
Als er aus dem Krieg kam,
fing er bei der ÖTV als
Kraftfahrer an.
Bald darauf wurde er wegen
ungebührlichen Verhaltens gegenüber
Vorgesetzten entlassen.
Und weil er wieder was mit seinen Händen
machen wollte,
fing er in einem Krankenhaus
als Techniker an.
Alle lobten sein Geschick.
Den Schwestern baute er praktisch konstruierte
Wagen für den Abtransport
der »Enten« aus den Krankenzimmern.
Und den Ärzten bastelte er
chirurgische Geräte.
Nebenbei zog er eine Gewerkschaftsgruppe auf
und wurde ihr Vertrauensmann.
Vorm Krankenhaus macht Klassenkampf
keinen Halt, sagt Franz.
So brachte er es fertig, in der Wäscherei
des Krankenhauses einen Streik
zu organisieren, bei dem es um bessere

Arbeitsbedingungen ging.

Das war das erste Mal, dass in einem Krankenhaus
sowas passierte.

Natürlich, die Frauen hatten Angst,
sagt Franz, aber ich hab' ihnen geraten,
sich unterzuhaken, wenn der ärztliche Direktor
bei ihnen erscheint.

Dieser Trick half.

Danach arbeitete Franz in verschiedenen anderen
Betrieben.

Und überall, wo er auftauchte,
gab es nach kurzer Zeit
einen gut vorbereiteten und durchgeführten
Streik, der siegreich endete.

Das sprach sich bei den Arbeitern herum.

Franz wurde zum Referenten
der ÖTV gewählt und organisierte
kurz danach den Streik
»Dienst nach Vorschrift«
bei den Straßenbahnern.

Ich bin damals Tag und Nacht auf den Beinen
gewesen, sagt Franz.

Das Wichtigste aber war,
die Interessen der Schaffner, Wagenführer
und der Werkstattarbeiter unter
einen Hut zu kriegen. –

Heute ist Franz Karg 2. Bevollmächtigter

der IG Metall.
Aber ohne Arbeit mit den Händen kann er
noch immer nicht sein.
Das Wochenende über werkelt er
in seinem Keller,
der einer Schlosserwerkstatt gleicht.

Schwarzeder

Schwarzeder ist Techniker.
Schwarzeder sagt, du musst nicht denken,
dass die Techniker die Kings sind.
Ich beispielsweise repariere Computer.
Früher bin ich immer rein in eine Firma
und kein Wort gesagt,
ran an das Teil,
repariert.
Aber das wollte meine Firma nicht.
Für die sollte ich einen »leichten Fehler«
so kompliziert wie möglich darstellen.
Jetzt rede ich mit den Kunden vorher
und finde einen »leichten Fehler« in vier Stunden.
Dadurch bin ich in der Achtung meiner Firma
und auch der Kunden gestiegen,
da der, der viel Wind macht,
kompetenter erscheint als der,
der ruhig und schnell seine Arbeit verrichtet.
Auf Grund dieser Tatsache hab' ich jetzt meine
Fähigkeiten
als Verkäufer entdeckt.
Ich habe nun auch auf eigene Kosten eine
Schulung mitgemacht,
auf der ich Reden gelernt habe.
Warum sollen die Quatschköpfe,

was die Verkäufer sind,
die von Technik keine Ahnung haben,
Provisionen einstecken,
von denen ich als Techniker nur träumen kann.

Der Lokalredakteur

Der Lokalredakteur kommt aus Bremen.
An den Wänden seiner Bude hängen
Fischnetze, Schwimmreifen und Bullaugen.
Der Lokalredakteur sagt, dass er innerhalb von
zwanzig
Jahren einundzwanzigmal umgezogen ist.
Wenn ich im Jahr nicht wenigstens einmal
umziehen kann,
dann fühl' ich mich nicht wohl.
Der Lokalredakteur hat einen roten Knebelbart
und raucht Pfeife.
Der Lokalredakteur ist das zweite Mal geschieden.
Ganz junge Mädchen scheinen in ihm den Vater
zu entdecken.
Und der Lokalredakteur behandelt sie auch väterlich
und schläft mit ihnen.
Und immer, wenn die Sache auffliegt,
zieht er um und manche der Mädchen landen
im Fürsorgeheim.
Ich kann ja auch nichts dafür, sagt der Lokalredakteur,
wenn diese Mädchen so scharf auf mich sind.
Zum Heiraten bin ich ja doch viel zu alt für die.
Ab vierzehn dürfte es keine Minderjährigkeit
mehr geben.

Die Mädchen wissen da schon sehr genau, was sie wollen,
und ich soll dann verantwortlich sein.
Demnächst zieht der Lokalredakteur abermals um.

Der Masseur

Der Masseur sagt, beruflich bin ich schon immer
Masseur gewesen.
Ich bin für Stetigkeit im Beruf.
Wenn ich einmal was anpacke,
dann bleib' ich auch dabei.
Im Osten früher hab' ich die ganze Bezirksleitung
der Partei massiert.
Von oben bis unten.
Der Dickste war der 1. Sekretär.
Der hat immer laut gestöhnt dabei.
Als Masseur, da hat man ja so seine Griffe.
Aber Trinkgeld war da nicht.
Die machten ja alles auf die gesellschaftliche Tour.
Aber als Fachmann, da möchte' man ja auch mal
was extra,
als Anerkennung sozusagen.
Die dachten sicher, dass ich froh bin, dass ich sie
massieren darf.
Aber in meinem Beruf, da war ich spitze, genauso
wie die.
Und da bin ich eines Tages abgehauen.
Und jetzt hab' ich wieder einen Job, wo ich die
hohen Bosse massiere.
Gehalt ist da zwar sehr gut,
aber Trinkgeld gibt's auch nicht.

Die halten das hier wahrscheinlich auch für 'ne
Auszeichnung,
wenn man sie massieren darf.
Ist eben Scheiße, wenn du spitze bist.
Da glauben alle, dass bei dir alle Probleme gelöst
sind;
aber meine Alte ist eine, die über jeden Pfennig
von mir Rechenschaft verlangt.

Jogybär

Jogybär ist Mottenkugelfabrikant,
das heißt, er führt sozusagen die Fabrik, und
sein Vater ist noch immer der Chef.
So recht passt das Jogybär nicht.
Von neuer sozialorientierter Führung versteht
der Alte sowieso nichts, sagt er.
Schön, er hat seine Verdienste, aber in einer Zeit,
wo die Wirtschaft nach ganz anderen
Gesichtspunkten florierte.
Er fühlt sich noch immer als der große Patriarch
und lässt von den Arbeitern keinen an sich ran.
Und ich bin dann der Prellbock,
an dem jeder seine Probleme andrückt.
Jogybär heißt Jogybär, weil er Plattfüße hat
und beim Gehen latscht.
Sein Gesicht ist schwammig und wirkt gutmütig.
Morgens um sieben läuft Jogybär drei Runden
um den Sportplatz, um sich fit zu halten.
Für mich, sagt Jogybär, stehen meine Arbeiter ein.
Wenn ich irgendwo auf der Autobahn festsitzen
sollte,
hol'n die mich sofort ab.
Außerdem ist mein Betrieb voll durchrationalisiert.
Jeder Arbeiter braucht nur ein paar Handgriffe
zu machen und verdient ein gutes Stück Geld.

Überhaupt fühlen wir uns alle wie eine große
Familie.
Streik gibt's bei mir nicht, weil alle gut verdienen.
Und ehe ich einen neuen Mann einstelle,
kaufe ich lieber Maschinen, damit meine Arbeiter
es leichter haben.
Denn vom unternehmerischen Standpunkt kann
unser Betrieb
nur groß werden, wenn wir mit dem Personal klein
bleiben.
Meine hundertzwanzig Arbeiter wissen das
und sind mir dankbar dafür,
weil der Gewinn unserer Firma auch gleichzeitig
ihre Arbeitsplätze sichert,
mein Jogybär, trinkt seinen Wein hastig aus,
springt auf und sagt,
jetzt muss ich aber geh'n,
denn wenn ich zum Abendbrot zu spät komme,
versteht meine Frau keinen Spaß.

Krogmann

Krogmann ist vierundvierzig Jahre alt,
Ingenieur, bei gutem Verdienst.
Ungefähr vor einem Jahr hat er eine Frau
kennengelernt, die ihren Mann
durch einen Autounfall verlor.
Die Frau ist Näherin und ihr früherer Mann
war Schlosser.
Krogmann sagt, sie ist wirklich
sehr nett,
häuslich und alles, aber zu sparsam.
Die lange Zeit als Junggeselle hab' ich nie
auf den Pfennig gesehen.
Jedes Mal, wenn ich was kaufen will,
sagt sie,
das ist mir zu teuer.
Auch in eine Kneipe krieg' ich sie nicht rein,
wenn wir unterwegs sind, und ich
etwas essen will.
Sie geht dann lieber an einen Kiosk und isst
eine Bockwurst.
Kino ist natürlich auch nicht drin.
Ihr größtes Vergnügen ist,
sich abends aus dem Fenster zu hängen
und auf die Straße zu sehen.
Zu Hause kocht sie gut und reichlich.

Auch das Sexuelle stimmt bei uns beiden.

Was mach' ich nun?

Mit vierundvierzig ist es nicht so einfach,
eine Frau zu finden.

Andererseits brauch' ich auch geordnete Verhält-
nisse.

Ich glaub', ich werd' sie erst mal heiraten.

Vielleicht gelingt's mir ja, sie allmählich
umzuerziehen.

Heute ist Krogmann wieder geschieden.

Umerziehen war nicht drin, sagt er.

Mein Geld hab' ich alles zu Hause abgeben müssen.

Sie hat mich bewacht wie ein Schießhund.

Gespart haben wir zwar viel in der Zeit,
aber unsere menschliche Beziehung ging dabei
flöten.

Li Lichting

Li's Mann, fünfundzwanzig Jahre alt,
starb auf der Hochzeitsreise
am Atlantischen Ozean
an Herzschlag.
Wenige Monate später bemerkte Li,
dass sie schwanger war.
Li ist Lehrerin.
Nach dem Tod ihres Mannes
hat sie sich in die Bücher vergraben.
Sie hört Funkkollegs und besucht
Sprachkurse.
In Französisch und Englisch
ist sie jetzt nahezu perfekt.
Li ist hübsch.
Aber Männer haben keine
Chancen mehr bei ihr.
Was mir mit meinem Mann passiert ist,
sagt Li,
könnt' ich nicht noch einmal verwinden.

Der Metzgersohn

Wer den Metzgersohn sieht, glaubt nicht,
dass er ein Metzger ist.
Sein Gesicht ist schmal, auf der
Oberlippe ein rötlicher Bart,
sanfte blaue Augen und langes
rötlichblondes Haar.
Nur seine Hände sind grobschlächtig
und rot.
Der Metzgersohn hat Komplexe deswegen.
Meistens behält er sie in den Hosentaschen.
Er tut das so unauffällig, dass man
gar nicht glauben kann,
dass er solche Hände hat.
Selbst beim Schachspiel, das er leidenschaftlich
gern spielt,
schiebt er die Hände nach jedem Zug
sofort wieder unter den Tisch.
In der Schule war ich einer der Besten,
sagt er,
ich hätte auch studieren können.
Aber mein Vater meinte, es muss auch
kluge Metzger geben,
das hebt das Ansehen der Innung.
Und so bin ich eben Metzger geworden.
Beklagen will ich mich natürlich nicht.
Jeder Beruf hat ja seine Vor- und Nachteile.

Der Mann von der Rennbahn

Der Mann von der Rennbahn ist Sachse.
Für mich zählen nur Mäuse, sagt er.
Ich hab' schon alles mitgemacht.
Ich kenn' die Rennbahnen der ganzen Welt
und die Pferde.
Ich hab' mich immer an die gehalten,
wo Geld ist.
Ich hab' sogar selber Pferde gezüchtet.
Das ging aber schief.
Ich selbst bin keiner, glaub' ich,
der was aufmachen kann.
Ich hab' da keine glückliche Hand.
Doch in Beratung bin ich gut.
Da hab' ich einen achten Sinn.
Da knobel ich die dollsten Sachen aus.
Und das klappt auch meistens.
Fickrig werd' ich nur, wenn's um meine
eigenen Mäuse geht,
aber bei anderen, da klappt's.
Natürlich würd' ich noch ganz anders in die Vollen
gehen, wenn meine Mutter
nicht wär'.
Die lebt nämlich bei mir
und für die muss ich sorgen.
Sie ist zwar meine Mutter,

und ich liebe sie natürlich auch.
Aber manchmal denk' ich schon mal,
dass es vielleicht ganz gut wäre,
wenn sie der Schöpfer endlich erlöste.

Adam, der Korbflechter

Als Kind war Adam gelähmt.
Ärzte konnten ihm nicht helfen.
Da griff sein Vater zur Selbsthilfe
und schlug in einem alten medizinischem Buch
aus dem 16. Jahrhundert nach.
Er legte Adam bei sich in die Korbmacherwerkstatt
in einen Weidenkorb
und machte jede Stunden nasse Umschläge
bei ihm.
So wurde ich geheilt,
sagt Adam.
Vor dem Krieg hatte er viele Berufe,
Kellner, Ziegelschichter, usw.
Im Krieg, sagt Adam, nannten sie mich alle
»Stern von Rio«, weil ich immer
lustig war.
Auch mit den Franzosen bin ich immer
lustig gewesen.
Sind ja auch Menschen wie wir.
Siehst du, und als es um die Landung der
Alliierten ging, da mussten die Franzosen Bäume
auf die Wiesen pflanzen,
damit die Flugzeuge
nicht landen konnten.
Bezahlt wurden sie mies dafür.

Aber ich hab' durchgesetzt, dass sie das Doppelte
bekamen, weil ich einen General gut kannte.
Meine Devise ist: menschlich sein.
Und damit bin ich gut durch den Krieg gekommen.
Heute bin ich wie mein Vater Korbflechter.
Und SPD-Mitglied.
Aber weißt du, wenn ich mir so die Politik
in der Welt anschaue –
Politik wird ja heute in Israel gemacht –
Dann muss ich sagen,
dass die Juden Israel nur haben,
weil es den Hitler gegeben hat.